SOIR DE RAGE

Pour Nicolas et Nathan

© Éditions Nathan (Paris, France), 2006
Conforme à la loi n° 49956 du 16 juillet 1949
sur les publications destinées à la jeunesse
ISBN 2-09-250846-6

SOIR DE RAGE

Hubert Ben Kemoun
Illustrations de Frédi astèr

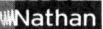

1
LA HAINE

– Alex ! Tu es prêt ?

Selon moi, il ne faut jamais répondre immédiatement quand votre mère ou votre père vous appelle depuis l'autre bout de l'appartement. Laisser hurler son prénom, au moins quatre fois avant de réagir, m'a toujours semblé un minimum.

– Alex ?!!!

Parfois, avant le quatrième appel vos parents se lassent. C'est bien la preuve que cette chose si essentielle qui les faisait s'égosiller sur votre prénom et qu'ils voulaient vous demander n'était pas aussi importante qu'ils le croyaient.

– Alexandre ! Qu'est-ce que tu fiches ? Tu pourrais répondre quand on t'appelle !

La preuve aussi que cela ne valait vraiment pas le coup d'interrompre la partie de *Diabolik Criz* sur laquelle vous étiez en train de vous acharner depuis un bon moment. Surtout si, comme moi ce soir-là, vous pulvérisiez votre meilleur score. Un score que pas un seul de mes copains n'avait encore atteint et qui allait faire de moi un maître du jeu et forcer l'admiration de toute la cour de récré.

– Alexandre !!!!!!!!!!!!!!

Bon évidemment, au bout d'un certain nombre d'appels, il fallait tout de même répondre, histoire de faire savoir qu'on était toujours vivant. Non seulement mon père insistait, mais sa voix, qui avait commencé à hurler depuis la salle de bains et continuait dans sa chambre, à présent se rapprochait dangereusement du salon où j'étais en train de livrer ma triomphale partie sur l'écran de la télé.

– Oui, oui, je suis là…

– Alexandre ! Qu'est-ce que… ? Ça fait une demi-heure que je t'appelle !

Comme tous les pères du monde, le mien exagérait toujours quand il était en colère. Sa demi-heure ne devait pas dépasser cinq minutes, et lorsqu'il a débarqué dans le salon, il était tout particulièrement énervé.

– Attends, je suis sur un passage super difficile, ai-je expliqué pour toute réponse, sans détacher mon regard de l'écran et du combat qui y faisait rage.

– Tu vas vivre un moment hyper difficile si tu n'arrêtes pas immédiatement ta partie. File te préparer !

– Mais papa… deux minutes, j'ai pas sauvegardé !

Je n'ai jamais rencontré un adulte capable de comprendre l'importance de la sauvegarde…

La sauvegarde, ce devrait être le mot magique qui explique tout, qui justifie aux yeux de nos parents notre impossibilité absolue de lâcher notre manette. Une sorte de joker qui balaie tout sur son passage et annule les ordres des pères. Mais non, hélas ! je n'ai jamais croisé un seul adulte capable d'accorder au verbe « sauvegarder » l'importance qu'il mérite. Et pour mon père, ce soir-là, ce mot n'avait strictement aucun sens.

– Alex, on est déjà en retard, tu m'éteins ça tout de suite !

– J'en ai pas pour longtemps, mais là, c'est… vrai… ment… pas… po… ssible…

d'a… rrêter… ! ai-je fait en tentant, à coup de sabre paralysant, de me sortir des griffes venimeuses de la tarentule géante qui bloquait le passage du cinquième niveau.

Bon sang, il le voyait bien, que j'étais en plein moment crucial, à la porte du triomphe…

– Je te donne *une minute* ! Pas une de plus !

Tout le monde, en tout cas moi, sait que quand des parents disent « une minute », cela peut facilement monter jusqu'à dix. C'était assez pour que j'en termine avec cette cochonnerie d'araignée qui me barrait la route de toutes les gloires de l'école. Il ne restait plus à ce monstre qu'une centaine de points de vie, mon héros – moi – en avait encore le double. La situation était claire, si j'évitais ses deux prochains assauts, j'avais d'excellentes chances de le terrasser et d'entrer dans un nouveau territoire. Un paradis inconnu même des plus aguerris de mes copains…

Je n'ai pas dû sentir la minute passer, pas vu le geste rapide de mon père, ou du moins, je ne l'ai compris que trop tard.

Il s'est baissé derrière la télé et a débranché la prise de courant, sans la moindre hésitation. La tarentule, mon héros, notre terrible et si passionnant combat… tout a disparu brusquement. L'écran a lâché une sorte de soupir de fatigue, et moi, j'ai poussé un hurlement de rage et de désespoir.

– Oh non !!! Mais ça va pas bien dans ta tête ? Pourquoi t'as fait ça ? Tu te rends pas compte ?!

Il me regardait tranquillement. Sans la moindre gêne, sans sourire, il semblait si calme, si inconscient de la catastrophe qu'il venait de provoquer.

– Alexandre, rien, aucune partie de quoi que ce soit ne te permet de me parler comme ça. Maintenant, vois-tu, je me rends compte qu'il est sept heures passées et que tu n'es pas encore prêt. Je me rends aussi compte qu'on doit faire un détour pour prendre ta mère à la sortie de son bureau ; que le spectacle de ta sœur commence à huit heures et que je vais certainement mettre un temps pas croyable pour trouver une place où me garer dans le quartier du théâtre municipal...

Je ne l'écoutais pas. Je ne voyais qu'une chose : la tarentule, gardienne de la porte du cinquième niveau, avait définitivement disparu – et avec elle mon héros et son score faramineux.

– T'avais pas le droit de me faire ça ! Maintenant, il faut que je recommence tout !

– Alex, à dix ans, on peut recommencer beaucoup de choses, sans problème, mais c'est aujourd'hui que ta sœur danse pour la première fois devant un vrai public…

– J'irai pas !

– Bien sûr que tu viens !

Il venait de poser sa main sur mon épaule, fermement.

– Qu'elle danse, Agathe, si ça lui chante ! Qu'elle se casse la jambe, si ça l'amuse ! Mais moi, je n'irai pas !

– Va te préparer, Alex !

Sa main serrait de plus en plus fort ma clavicule. Peut-être avait-il envie de me faire mal, peut-être de me gifler, je ne sais pas. Moi, j'aurais pu lui cracher à la figure, lui balancer des coups de pied enragés dans les tibias.

– Je te déteste ! ai-je lancé avec toute la sincérité du monde en me dégageant de sa poigne.

– Déteste-moi si tu veux, mon chéri. Moi, je t'aime toujours autant... Mais vois-tu, même si c'est en chaussettes et en te tenant par la peau des fesses que je dois te faire monter dans la voiture, tu viendras, Alexandre ! Au moins pour ta sœur ! Et si cela peut te faire plaisir, tu ne seras même pas obligé de l'applaudir...

– Manquerait plus que ça ! j'ai fait, en sentant bien que je n'avais plus aucune chance de négocier face à ce mur d'incompréhension.

– Tu as deux minutes !

Il s'agissait de deux vraies minutes, pas une seconde de plus. Le temps d'enfiler mes tennis en grimaçant, de décrocher mon blouson du portemanteau de l'entrée, je passai – avec la tête d'un condamné à mort – devant mon bourreau de père que je détestais vraiment et à qui je n'accordai pas le moindre regard. Un orage de haine explosait dans ma tête.

Pour ce soir, il serait mon ennemi. Cela passerait peut-être, je n'en étais pas certain sur le moment, mais ce soir-là, plus que toutes les tarentules venimeuses du monde entier, je le haïssais.

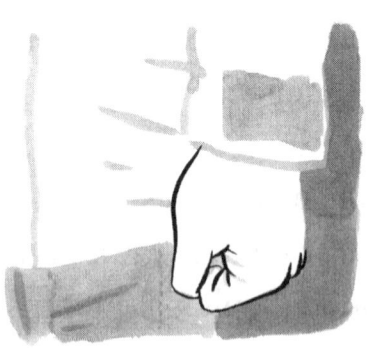

2
LA GUERRE

– Un problème, mon chéri ? a demandé ma mère en grimpant sur le siège à côté de mon abominable père et en se retournant vers ma mine d'enterrement. Ça n'a pas l'air d'aller ! Tu ne m'embrasses pas ?

– Alex n'embrasse personne, ce soir ! Il déteste le monde entier !

– Pas le monde entier ! Toi !

– Et qu'est-ce qui nous vaut une telle allégresse, Alexandre ?

Elle avait trouvé le temps de se recoiffer et de se maquiller au bureau. Ma mère était sans doute très belle, mais je n'étais pas d'humeur à la complimenter comme ma sœur et moi aimions le faire d'habitude. Rien n'aurait pu m'inciter à trouver quelque chose de beau ou de positif dans la voiture de ce monstre. Ma mère était trop joyeuse pour moi, je n'ai pas répondu à sa question. À quoi bon lui expliquer que j'en voulais à son mari qui m'avait coupé la route de la gloire ? Elle n'aurait pas compris.

J'ai continué à regarder par la fenêtre de la voiture. Cette ville me semblait détestable. J'étais un otage prisonnier de mon père. On m'embarquait pour une soirée abominable durant laquelle j'allais m'ennuyer à mourir, sous prétexte que mon imbécile de grande sœur Agathe et quelques autres saucisses de quatorze ans prétendaient nous émerveiller avec des entrechats et des pas chassés travaillés depuis des mois. Tout n'était qu'horreur !

– Ça ne va pas être coton de trouver une place ! a fait remarquer ma mère alors que nous approchions du théâtre.

– Il suffit de positiver, tu vas voir.

Sa façon trop tranquille de conduire, sa manière de ralentir à l'approche d'un carrefour et de ne pas griller le moindre feu orange, sa main qui s'était posée sur le genou de ma mère, qu'il abandonnait juste le temps d'un changement de vitesse pour y revenir ensuite... je détestais tout chez mon père. Même son « Alex », au lieu d'« Alexandre », m'énervait prodigieusement, même son imposante carrure dans son siège conducteur. Le haut de son crâne qui se dégarnissait depuis deux ans, les poils rebelles qui s'échappaient de ses oreilles, les deux plis de son cou et une tache sur le col de sa chemise… tout m'écœurait chez lui. J'étais dans l'état de celui qui vient de se donner un coup de marteau sur le doigt et en veut à l'univers entier – et plus particulièrement à l'idiot qui accourt pour conseiller de passer la main sous l'eau froide. L'idiot, c'était mon père. En neuf ans et sept mois, je n'avais jamais ressenti une telle haine, un pareil dégoût pour lui.

Il l'a trouvée, sa place, et j'ai détesté qu'il soit si fier de garer sa voiture pourrie à quelques mètres de l'entrée du théâtre municipal.

– On se dépêche, Alex, on n'est pas en avance ! a-t-il lancé en claquant la portière.

J'ai haussé les épaules et j'ai fourré les mains dans les poches de mon anorak. Que le théâtre s'écroule ! Qu'un incendie se déclare ! Que cette salle déjà aux trois quarts pleine de monde disparaisse sous un raz-de-marée, et avec elle, ce salaud qui me poussait légèrement mais fermement dans le dos au milieu de l'allée afin de trouver trois places.

Il n'y avait plus grand-chose de libre, hormis ces trois fauteuils au premier rang, au bord de la scène et au pied du petit escalier qui descendait de celle-ci.

– On ne pouvait être plus mal placés ! a dit ma mère en cherchant malgré tout du regard d'autres sièges libres.

– Quand on arrive parmi les derniers, on ne peut pas faire les difficiles ! a répondu mon père en me jetant un regard appuyé et en prenant place au bout de la rangée.

J'ai détesté ce regard autant que sa façon si ridicule de plier parfaitement son imperméable sur ses genoux, sa manière trop attentive de lire le programme de la soirée organisée par l'association culturelle à laquelle Agathe avait eu la bêtise de s'inscrire au début de l'année.

Sur chaque fauteuil avait été déposé un programme. Le mien, j'ai préféré m'asseoir dessus plutôt que d'y jeter le moindre coup d'œil…

– Qu'est-ce qui s'est passé avec ton père, Alexandre ? Vous avez l'air très fâchés, tous les deux ! Tu peux bien me le dire, a chuchoté ma mère en se penchant vers moi et en agitant son programme comme un éventail.

– Je le déteste ! me suis-je contenté de répondre après un instant de silence. Ces trois mots ont sifflé entre mes dents avec plus de venin qu'aurait pu en cracher un serpent.

Je suppose que si elle n'a pas cherché à

en savoir davantage, c'est parce qu'elle avait probablement déjà posé la question à mon ennemi, mais aussi parce que les lumières de la salle se sont tamisées, pour s'éteindre complètement.

Pendant ce moment dans le noir, j'ai senti que, à chaque seconde qu'allait durer ce maudit spectacle, ma rancœur ne ferait que gonfler. Elle montait comme une pâte bourrée de trop de levure. Il ne faudrait pas tarder à me sortir du four, ou j'allais exploser. Bon sang, demander une sauvegarde, ce n'était quand même pas réclamer la lune ?! Je ne comprenais toujours pas comment il avait pu oser !

Sur la scène, une chorale d'une trentaine d'enfants entonnait déjà son répertoire.

Je n'ai pas mis longtemps à reconnaître aux troisième et quatrième rangs Susie et Malika, deux filles de l'autre CM2 de l'école, des filles géniales autour desquelles nous tournons souvent avec Bruno et Anthony. Elles étaient belles, je veux dire encore plus belles que d'habitude, mais pour rien au monde je n'aurais reconnu leur talent et celui des autres chanteurs. Car plus je voyais mon père applaudir à la fin de chaque morceau (et se tourner ravi vers ma mère en lui susurrant : « Ils chantent drôlement bien ! C'est un très beau travail qu'a fait leur chef de chœur ! »), plus j'avais envie de trouver nullissime la prestation de ces rossignols de malheur... qui ont eu droit à trois rappels.

— Alors, Alex, toujours en guerre ? m'a lancé mon père pendant l'intermède qui a suivi.

Il avait sans doute remarqué avec quelle ténacité je m'étais refusé à applaudir. Le ton de sa voix se voulait pacifique. Moi, je

La guerre

ne le trouvais que mielleux et ridicule !

Non, je ne voulais pas faire la paix !

J'ai haussé les épaules et gardé le silence en fixant devant moi le bord de la scène. À ce moment précis, j'étais en train de l'imaginer pris dans la toile visqueuse d'une tarentule gigantesque, plus puissante encore que celle qu'il avait fait disparaître de mon écran. Un monstre immonde qui s'apprêtait à déguster mon père ignoble, par les pieds, morceau par morceau. Rien de plus normal !

3
LA RAGE

J'ai tout détesté !

Ce soir, rien n'aurait pu calmer ma mauvaise humeur et ma rancœur envers mon père. Au fur et à mesure qu'avançait le spectacle, il semblait s'amuser de mieux en mieux, goûter avec plaisir les sketchs que donnaient un groupe d'adolescents comédiens. Avec lui, la salle riait des répliques et des bouffonneries des acteurs, et je détestais ces explosions de joie fusant autour de moi. Pourtant, j'avais l'impression de n'entendre que le rire de mon père. Je le trouvais trop gras, trop sonore, trop vulgaire aussi.

– Mais enfin, Alexandre, tu vas tirer cette tête toute la soirée ? Juste parce qu'on t'a demandé d'éteindre ton jeu vidéo ?

Installée entre lui et moi, ma mère a essayé de jouer les négociatrices lorsque le rideau s'est refermé sur les saluts des acteurs. Mon père l'avait donc renseignée, mais il n'avait sans doute pas osé lui décrire avec quelle violence il avait ruiné tous mes efforts de joueur. Demandé d'éteindre ? Saboté des heures de combat, plutôt ! Mais à quoi bon discuter ?

– Tu sais, ton père est très triste que tu lui en veuilles autant ! a-t-elle eu le toupet d'ajouter.

Très triste ? Il n'en avait vraiment pas l'air quand je l'entendais se gondoler de plaisir depuis le début de mon calvaire au théâtre.

– Je le déteste ! Laisse-moi tranquille ! me suis-je encore une fois contenté de répondre en m'enfonçant un peu plus dans mon siège tel un serpent qui se terre dans son trou.

– C'est maintenant le magicien ? a demandé à sa mère la petite fille qui était assise à ma gauche.

Celle-ci a dû lui dire que c'était en tout cas ce qu'annonçait le programme, car la gamine s'est écriée toute joyeuse :

– Super ! J'adoooore les magiciens !

Moi aussi, en temps normal, je les adorais. Rien ne m'impressionnait plus que l'incroyable poésie qui naissait de leurs mains, émergeait de leurs chapeaux, jaillissait de leurs accessoires. J'avais beau me creuser la tête pour essayer de saisir l'astuce ou le truc, pour tenter de comprendre à quel moment le prestidigitateur accaparait mon attention afin de mettre en place son tour, je restais toujours subjugué, la bouche bêtement entrouverte en un O majuscule d'admiration de ne rien avoir compris. Mais aujourd'hui n'était pas un « temps normal ». Ce soir, je n'étais qu'une tempête de haine. Je saurais résister à ce grand bonhomme en costume blanc qui, sous les applaudissements du public, venait d'entrer sur la scène en roulant un long et haut chariot recouvert d'un grand drap noir constellé d'étoiles argentées.

– Mesdames et messieurs, je suis désolé, mais je vais devoir vous demander à tous d'être très indulgents avec moi, ce soir ! a déclaré le type très sérieusement, en s'approchant du bord de la scène.

La rage

Un gros nœud papillon mauve butinait sous son menton et un mouchoir de la même couleur tentait de s'échapper de la poche de sa veste. Il s'était posté juste en face de nos places pour s'adresser à la salle.

– Voyez-vous, je sors d'une très mauvaise grippe et… Comment vous dire… ? Oui, autant vous l'avouer, je ne suis pas en parfaite possession de tous mes moyens… Il est possible que certaines des petites surprises que j'avais prévues pour vous… eh bien… ne puissent être complètement réussies… et je vous prie de m'en excuser à l'avance…

Ça commençait bien ! Pour nous faire patienter avant les danseuses, les organisateurs avaient dégotté un malade farfelu qui nous prévenait d'entrée de jeu qu'il risquait de rater ses tours !

Sur ma droite, j'ai parfaitement entendu mon père chuchoter à ma mère qu'avec ce drôle de magicien « le petit allait certainement enfin se détendre ».

Le petit, c'était moi ? Il pouvait toujours rêver !

Je résisterai jusqu'au bout ! Je n'applaudirai pas une seule fois ! Je me mordrai les lèvres plutôt que d'esquisser le plus petit sourire. Je serai un bloc de pierre qu'on avait traîné de force à cette soirée minable. Un rocher en granit sur lequel même un ouragan se casserait les dents !

– D'ailleurs, il faut que je prenne un médicament ! a poursuivi le magicien en tirant de la poche de sa veste un tube de grosses pastilles blanches. Seulement, voyez-vous, le problème avec ce genre de comprimés effervescents, c'est qu'il faut de l'eau ! Quelqu'un a-t-il un verre d'eau ?

La salle a gloussé. Pas moi !

– Non évidemment ! Personne ne vient au spectacle avec son verre d'eau ! C'est dommage, cela peut toujours servir !

Brusquement, la poche d'où il avait tiré ses comprimés a commencé à fumer.

De petites flammes orange se sont échappées du tissu, puis de plus grandes sont montées lécher tout le pan droit de son costume. C'était très impressionnant et la salle – tout comme moi et ma petite voisine – retenait son souffle.

– Je vous le disais, qu'on a toujours besoin d'un verre d'eau ! criait le magicien, s'agitant dans tous les sens, complètement paniqué par ce début d'incendie. Bon sang ! il y a bien un peu d'eau par ici ? Même du vin fera l'affaire, ou du jus d'orange ! Décidément, je ne peux compter sur personne dans cette salle !

À cet instant, l'homme a fourré sa main dans son autre poche et en a sorti un verre d'eau plein, qu'il a aussitôt vidé sur les flammes. Mais ce n'était pas suffisant, l'incendie résistait et continuait à se propager. Un autre verre, rempli d'un jus bleu cette fois-ci, tiré de la même poche, a suivi le même chemin sur les flammes. Puis un autre, et enfin un quatrième, dans lequel son comprimé effervescent était en train de fondre… Le magicien a bu la moitié du contenu avant de verser le reste sur sa poche et sur le côté droit de son costume noirci.

Subjuguée – comme je l'étais aussi –, la salle a applaudi à tout rompre. J'ai réussi à résister et je n'ai pas décollé mes mains des accoudoirs de mon fauteuil. Le regard triste que mon père venait de m'adresser m'a aidé à rester de marbre.

– Tu n'aimes pas ça, Alex ? m'a-t-il demandé.

– Nul ! ai-je craché pour toute réponse, sans préciser si c'était au magicien ou à lui que ce mot était destiné.

– Je suis vraiment désolé, ce n'était pas du tout prévu ! a déclaré le bonhomme sur la scène. Bon, ce genre de médicaments, c'est efficace, mais il ne faut jamais les prendre à jeun ! Je dois manger quelque chose ! Je suppose que, comme pour le verre d'eau, personne n'a un sandwich ou un fruit à m'offrir ? Un melon, tiens, je me mangerais bien une petite tranche de melon… Vous n'avez pas ça sur vous, bien entendu !

Encore une fois, la salle a ri.

– À moins que…

Et là, de son dos, je ne sais pas comment, l'homme a fait émerger une énorme pastèque d'au moins trois kilos. Une belle, toute ronde, d'un joli vert sombre.

– Ah non, ça, ce n'est pas du melon… Peut-être ici ?

Il a fourré sa main dans sa poche de veste, celle où s'était déclaré l'incendie, et en a extrait un bel ananas entier, suivi immédiatement d'un régime de six bananes.

– Et voilà, toujours pas de melon ! Ce n'est vraiment pas la grande forme, ce soir. Tant pis, je vais me couper une tranche d'ananas ! Seulement, je ne sais pas où je vais dénicher un couteau, moi ! Quelqu'un a-t-il un couteau parmi vous ? Même un canif, cela devrait aller ! Alors ? J'attends !!!

– J'ai un couteau suisse, si cela peut vous rendre service…

C'était mon père !

Il venait d'interpeller le magicien à haute voix et l'autre l'avait parfaitement entendu.

La rage

J'ai senti tous les regards converger vers notre premier rang. Qu'avait-il besoin de sortir le couteau suisse à dix lames que ma mère lui avait offert il y a longtemps et qu'il gardait toujours dans sa poche ? Pourquoi chercher ainsi à faire son intéressant ? Ma rage contre lui n'en a été que décuplée.

– Ah, vous me sauvez, monsieur ! Je peux vous demander de monter sur scène ? Je pourrais avoir besoin de votre aide. Mesdames et messieurs, je crois que nous pouvons applaudir mon sauveur – et le futur « plus grand découpeur d'ananas au monde » !

Voilà comment mon père a gravi les quatre marches qui menaient à la scène et s'est retrouvé à côté de cet homme, sous les applaudissements d'un public emballé, sauf ceux de son fils, si honteux de le voir se ridiculiser de la sorte.

– Un très beau couteau, effectivement ! Votre prénom, monsieur ?

– Philippe ! a répondu mon père.

– Moi, c'est Marcos ! Eh bien, Philippe, c'est votre couteau, je vous propose de découper mon ananas, vous pouvez me rendre ce petit service ?

– Oui, mais vous savez, je ne suis pas un expert. Même pour la dinde à Noël, avec moi, cela peut virer à la catastrophe… a-t-il bafouillé, en cherchant, lamentable, à faire de l'humour.

– Moi aussi, parfois, je fais des catastrophes, ne vous inquiétez pas ! Je vous demande simplement de poser l'ananas sur cette table roulante, là, au milieu de la scène, et de planter votre couteau dedans, une seule fois !

Mon père a attrapé le gros fruit pour l'installer debout, feuilles en haut, au milieu d'une grande assiette posée sur la table qu'avait désignée le prestidigitateur. D'un coup sec, il a planté la plus longue lame de son couteau dans la chair de l'ananas.

– Bravo ! À présent, il suffit de laisser le couteau opérer. Je suis sûr que votre lame connaît son travail. Vous pensez, un couteau suisse !

En disant cela, le magicien a recouvert le plateau de la table d'un grand drap noir et brillant, puis s'est reculé.

– Philippe, je suis désolé, je n'y pense que maintenant, j'avais bien un autre couteau, mais sûrement pas aussi efficace que le vôtre, et tellement gros…

– Oui ? a bêtement dit mon père en souriant.

– Je vais vous le montrer ! Seulement attendez, pour l'instant, je pense que votre couteau a certainement terminé sa mission.

Marcos s'est approché de la table et d'un geste large a retiré le drap sombre. L'ananas était toujours là, sur son assiette, mais à présent... découpé en longs morceaux rectangulaires qui formaient un joli cercle autour de la touffe de feuilles disposée harmonieusement au centre !

– Bravo, Philippe ! Quel coup de couteau vous avez ! s'est exclamé le magicien, relayé immédiatement par toute la salle éblouie.

Pourquoi l'applaudir et lui accorder ce triomphe ? Il n'avait strictement rien fait ! Si le tour de Marcos me semblait extraordinaire, la présence de mon père à ses côtés me paraissait toujours aussi ridicule. De nouveau, mes ongles se sont enfoncés profondément dans les accoudoirs du fauteuil. J'ai gardé le silence en grimaçant !

La rage

J'étais toujours le bloc de marbre que je souhaitais. Et lorsque ma petite voisine de gauche m'a dit : « Ton papa, il est super doué quand même ! », j'ai haussé les épaules et j'ai fermé les yeux.

Qu'il descende maintenant ! Qu'il descende de là et arrête de se donner ainsi en spectacle !

Mais il y avait une suite à mon calvaire. Une suite à laquelle jamais je n'aurais pu penser.

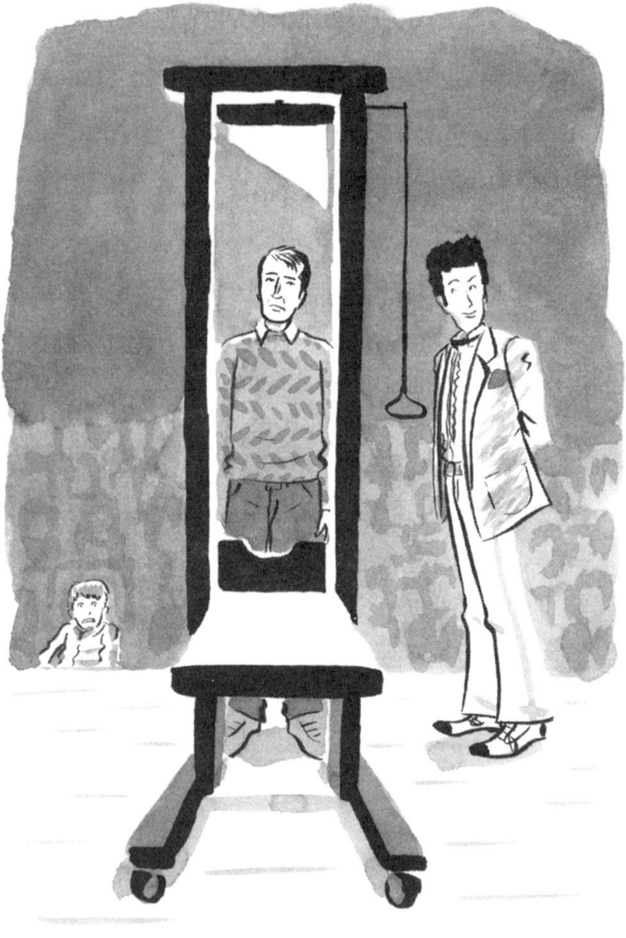

4
LA PEUR

Mon père s'apprêtait à descendre de la scène lorsque Marcos, d'un signe, a stoppé son mouvement de repli.

– Attendez, Philippe ! Vous oubliez votre couteau ! a dit le magicien en souriant. Je dois l'avoir par là…

L'homme a fouillé dans toutes ses poches, un peu partout dans les plis de ses vêtements, en vain. Il semblait s'énerver de ne pas trouver ce qu'il cherchait.

– Vous êtes vraiment sûr de ne pas l'avoir récupéré, Philippe ?

– Non, je l'ai laissé dans l'ananas, a simplement répondu mon père.

– Bon sang, je rate tout aujourd'hui… Philippe, vérifiez quand même sur vous.

Sans y croire, mon père a fourré sa main dans la poche de son pantalon et en a ressorti son couteau suisse refermé.

– C'est le vôtre ?

– C'est… oui, c'est le mien, je… je le reconnais ! a-t-il bafouillé en regardant son bien comme s'il tenait dans la main un diamant d'au moins trois cent mille carats.

– Oh… ont soufflé les trois ou quatre cents spectateurs éberlués.

Moi, je n'ai rien dit.

– Eh bien, c'est parfait ! Enfin presque… parce que je vous avoue que votre couteau, normalement, il aurait dû se retrouver ici, dans la poche intérieure de ma veste. Mais bon, on ne va pas faire les difficiles, n'est-ce pas ?… Philippe, il reste encore une petite chose. J'aimerais beaucoup vous montrer cet autre couteau dont je vous ai parlé. Vous voulez bien ?

– Avec joie, a répondu mon père, qui prenait visiblement de plus en plus de plaisir à se retrouver aux côtés de ce prestidigitateur de génie.

Marcos s'est approché de la table roulante et l'a poussée sur le milieu de la scène. Il a tiré le grand drap noir étoilé et a découvert… une guillotine !

Des engins pareils, j'en avais vu en dessin dans des livres évoquant la Révolution française, jamais en vrai. Dans la lumière des projecteurs, la lame impressionnante de l'appareil brillait comme une lune rectangulaire.

– Vous comprenez, Philippe… ce genre

de couteau, pour trancher mon ananas, ce n'est pas l'idéal.

– Évidemment… a bredouillé mon père.

– Par contre, pour la pastèque, on pourrait essayer ! Pouvez-vous la déposer ici, s'il vous plaît ? a demandé Marcos en indiquant le bas de l'appareil, à la verticale de la lame.

Après avoir installé l'énorme fruit sur le billot de la guillotine, mon père s'est écarté de deux pas et Marcos a actionné une manette qui se trouvait sur un des montants supportant la lame. Libérée de son frein, celle-ci est descendue d'un coup sur la grosse pastèque et, dans un bruit sec et froid, l'a parfaitement tranchée en deux par le milieu.

Comme moi, le public retenait son souffle. L'apparition de cet appareil de mort n'avait fait rire personne et la violence avec laquelle le couperet venait de sectionner la pastèque avait quelque chose de terrifiant. Discrètement, j'ai jeté un regard inquiet vers maman. Elle demeurait les yeux fixés sur son mari et Marcos, avec, sculpté sur son visage, un sourire que je ne pouvais pas comprendre.

– Ça marche bien, n'est-ce pas ? a remarqué le magicien.

Mon père n'a rien répondu. Il ne souriait plus du tout. Comme moi, il avait dû sentir où Marcos voulait en venir.

– Vous voulez bien essayer, Philippe ?
– Pardon ?!

Le rire de mon père était nerveux, aussi métallique que le couperet qui venait de tomber.

– Vous m'êtes très sympathique et je vous demande si vous voulez bien poser votre tête ici, à l'endroit même où vous avez installé ma pastèque…

– C'est… c'est que je préférerais rentrer en un seul morceau chez moi ! a répondu mon père en tentant d'être drôle.

– Mais bien entendu, voyons ! Je vous parle d'un tour de magie, pas d'une exécution ! Je vous rappelle que la peine de mort n'existe plus dans notre pays.

– Justement… Je…

– Vous avez des enfants, Philippe ?

– Oui, une fille, que j'aimerais beaucoup voir danser tout à l'heure. Et j'ai aussi un garçon, Alexandre ! Je les aime énormément, même s'ils ne le savent pas toujours.

J'ai parfaitement perçu le regard discret qu'il avait lancé dans ma direction. J'avais résisté à tout depuis le début du spectacle, mais j'ai tressailli. Je le sentais mieux que personne au milieu de ces centaines de spectateurs, mon père n'était pas du tout rassuré, à côté de cet appareil. Je me suis mis à avoir peur avec lui, malgré moi, malgré tout ce que j'avais pensé devoir lui reprocher depuis une heure.

Qu'il descende ! Qu'il descende de cette maudite scène !

– Eh bien, pas de problème ! Vous applaudirez des deux mains votre fille dans quelques instants.

– Mon problème, ce ne sont pas les mains, Marcos... c'est la tête ! Bon, bien entendu, elle n'a rien de superbe, mais j'y tiens assez, je m'y suis habitué !

J'ai entendu ma mère rire de cette boutade en même temps que le reste de la salle. Je ne voulais pas !

Descends de là, papa !

– Allons, Philippe, c'est votre jour de gloire, ce soir ! a insisté Marcos en désignant le bas de la guillotine.

Papa ! Je ne veux pas !

Est-ce qu'il l'a fait pour se venger de moi et de ma dureté à son égard ? Est-ce qu'il l'a fait parce qu'il n'osait plus reculer de crainte de voir le public se moquer de lui ? Je ne le sais pas et je ne le saurai jamais ! Tel un condamné, il s'est approché de cet engin de malheur. En s'accroupissant, il a jeté un nouveau coup d'œil en direction du premier rang.

– Chérie, s'il arrive quelque chose, tu diras aux enfants… Non, je te fais confiance, tu sauras trouver les mots… Je te rappelle que j'ai payé la totalité de la location en Espagne pour cet été, ce serait dommage que vous n'en profitiez pas, ce n'était pas donné… a-t-il fait en posant sa tête sur le support en bois de la guillotine, un mètre au-dessous du couperet qui attendait sa proie.

Il avait prononcé ces mots en souriant, pour faire le malin. Il avait accompagné sa plaisanterie d'un petit geste de la main, comme pour dire une bonne blague. Comme on plonge de six mètres en criant : « Attendez-moi là, j'arrive ! »

Papa, je ne voulais pas ça ! Nous n'avons rien à faire en Espagne sans toi ! Ni en Espagne ni nulle part ! Papa ?

Je m'étais redressé dans mon fauteuil. Complètement aux abois, mon regard terrorisé passait de ma mère, qui souriait toujours, à mon père, qui attendait la fin de son supplice dans sa position grotesque.

Papa, relève-toi ! Je m'en moque, des sauvegardes sur Diabolik Criz *! Papa, excuse-moi !*

– Ne t'inquiète pas, Alexandre, c'est de la magie, c'est pour rire ! Et tu as vu comme ce magicien est doué… a dit ma mère en posant sa main sur la mienne, qui tremblait de plus en plus nerveusement.

Papa, ne fais pas confiance à ce bonhomme ! Il a dit qu'il était malade et qu'il pouvait rater ses tours, ce soir. Papa, il voulait un melon, il a sorti une pastèque ! Il pensait trouver le couteau dans sa poche, il l'a sorti de la tienne ! Papa !

– Mesdames, mesdemoiselles, messieurs, je pense que Philippe mérite vos applaudissements – et pas de petits clap-clap polis, mais de vrais applaudissements, ceux qu'on réserve aux vraies stars, aux vrais héros !

Pendant qu'un tonnerre de hourras retentissait dans la salle, je me suis encore redressé, en pensant que ce n'était pas d'un héros, mais d'un père dont j'avais besoin !

Qu'il descende ! Qu'il s'en moque de ne pas avoir le courage d'aller jusqu'au bout ! Qu'il revienne !

Papa !!! Bien entendu que c'est de la magie! Mais un accident, ça peut arriver n'importe comment ! Il vaut mieux être ridicule et vivant qu'héroïque et mort ! Papa !!!

Toute la salle le savait, que ce type, ce Marcos au nœud papillon mauve, plaisantait ; moi aussi, je le savais, mais je ne pouvais m'empêcher de songer au pire. Et d'ailleurs, si tout le monde pensait qu'il s'agissait d'une blague, pourquoi les applaudissements se sont si vite tus, pour laisser place à cet étrange silence ? Un silence de recueillement, un silence de mort.

Papa, redresse-toi !

Je n'étais pas le seul à être incapable de contrôler ma panique.

– Tu vas laisser ton papa se faire couper

la tête ? m'a demandé, avec des trémolos dans la voix, ma petite voisine de gauche.

Elle s'était tournée vers moi et attendait ma réponse. Celle-ci est venue de sa mère :

– Mais voyons, Lou, tout ça, c'est pour plaisanter ! Tu vas voir, personne ne sera blessé. Pas même une égratignure, lui a-t-elle expliqué d'une voix douce.

– N'empêche que si ça rate… a insisté Lou.

Je pensais exactement comme elle !

À cet instant, je me suis souvenu d'un film de cow-boys que j'avais vu un dimanche soir à la télé. Une histoire de pari ou de règlement de comptes entre des bandits. Ils étaient trois autour de la table d'un saloon et avaient placé une seule balle dans le barillet d'un revolver. Ils le faisaient tourner et appuyaient l'arme sur leur tempe avant de tirer. Il y avait cinq chances sur six de ne pas se prendre la balle…

Papa !!!

Il y avait un risque sur six de s'exploser la tête ! Lorsque j'avais vu ce film, j'avais trouvé cela énorme, un risque sur six ! À présent, je trouvais cela abominablement gigantesque.

Papa, même une chance sur un million, c'est un million de fois trop !

— Cesse de trembler, Alexandre ! Voyons, ce n'est que du spectacle ! C'est truqué ! a répété ma mère en serrant ma main très fort.

Le ton de son chuchotement semblait irrité, un peu comme si ma panique l'empêchait de profiter du clou de ce numéro de magie.

Mon père avait débranché la télé parce qu'il n'avait pas su comment m'arrêter…

– Vous êtes prêt, Philippe ? a demandé Marcos d'une voix solennelle.

Moi aussi, il fallait que je débranche cette folie ! Que je le sauvegarde…

« Alex, tu es prêt ? Alex, tu pourrais répondre quand on t'appelle… »

J'ai lâché la main de ma mère et avalé en courant la volée des quatre marches menant sur la scène. Le halo des projecteurs dessinait un territoire brûlant et circulaire. Là, au pied de cette maudite guillotine, régnait le prestidigitateur tel un bourreau ; et, accroupi dans sa position lamentable, mon père attendait dans son rôle de condamné à mort. J'ai foncé dans ce désert trop lumineux…

– Je ne veux pas ! Je ne veux pas ! ai-je crié, en poussant Marcos de toutes mes forces alors qu'il s'apprêtait à actionner sa machine.

La peur

Il est tombé en arrière sur les fesses et, le temps qu'il comprenne ce qui venait de lui arriver et se remette debout, je me suis tourné vers papa. Mon visage était inondé de larmes. Je ne les avais pas senties arriver. Ce genre de raz-de-marée ne prévient pas. Mon père s'était redressé en me découvrant planté devant lui, perdu, presque orphelin. Il m'a attrapé par les épaules. Il souriait.

– Tu as eu peur ? a-t-il murmuré en me serrant fort.

Je suis sûr que j'aurais adoré qu'il serre mes épaules avec plus de puissance encore. Il n'aurait jamais réussi à me faire aussi mal que ce que je venais d'éprouver.

Je suis resté quelques instants face à lui, sans rien faire sinon tremper de mes larmes cette scène maudite et mes chaussures. De la salle montait une rumeur.

Le public cherchait à savoir si mon incursion faisait partie du spectacle ou pas.

– Non mais ! c'est quoi ce bazar ? a craché Marcos qui venait de retrouver la position verticale et exigeait des comptes. Voyons, Philippe, vous imaginez bien que c'était sans danger ! Je connais mon travail… a-t-il ajouté à l'intention de mon père qui ne l'écoutait pas et ne me quittait pas des yeux.

– Bravo ! Bravo ! a fait la petite Lou à côté de mon siège vide.

Elle s'était levée et applaudissait en criant.

Aussitôt, d'autres spectateurs l'ont imitée, puis la salle au grand complet s'est retrouvée à acclamer le trio maladroit que nous formions au centre de la scène.

Face à cet enthousiasme inattendu, Marcos a aussitôt changé de tête. En caressant le papillon mauve qui lui servait de cravate, il a salué. Je crois que ces applaudissements-là ne lui étaient pas destinés. Ils s'adressaient plutôt à mon père et à moi, à sa main qui serrait la mienne, fort, très fort.

Sa main qui m'a entraîné vers nos sièges, sur cette première rangée où nous avons repris nos places de chaque côté de maman.

– Tu as été super ! m'a murmuré la petite Lou pendant l'intermède, avant les danseuses.

Je n'ai pas su lui avouer qu'elle aussi, je l'avais trouvée sensationnelle.

Et puis, au rythme d'un rock puissant qui faisait penser à des battements de cœur, la troupe des danseuses s'est élancée sur la scène. J'ai adoré la prestation de ces filles absolument magnifiques, et tout particulièrement celle de ma grande sœur, Agathe.

SOIR DE RAGE

Ça, j'ai su le lui dire le soir, tard, quand nous sommes rentrés à la maison, ensemble. Tous ensemble.

TABLE DES MATIÈRES

———

1. La haine 7

2. La guerre 19

3. La rage 29

4. La peur 45

Hubert Ben Kemoun

Hubert Ben Kemoun vit à Nantes, sur les rives de la Loire.

Dans ses pages, il emmène avec autant de plaisir que de talent ses lecteurs et ses personnages sur les rivages de la peur et de l'émotion. Parfois même au bord du gouffre, à l'endroit où la vue est la plus incroyable…

Trop accaparé par les histoires qu'il écrit, il n'a vraiment pas le temps de jouer aux jeux vidéo. Parfois, il a sans doute énervé ses deux fils en leur demandant de lâcher leurs manettes afin de venir manger ou de mettre la table… Mais si ceux-ci, en râlant, se sont décollés de l'écran, ils ne sont jamais tombés dans la même haine qu'Alexandre. C'est peut-être pour que cela n'arrive pas chez lui qu'Hubert Ben Kemoun a écrit ce roman.

Du même auteur :

AUX ÉDITIONS NATHAN
Série « De jour en jour ».
Le dernier jour
Le jour est la nuit
Jours avec et jours sang
Le jour du meurtre
Le jour des saigneurs
Le tombé du jour

C'est la jungle !, 2006
Le visiteur du soir, 2005

CHEZ D'AUTRES ÉDITEURS
Le coupable habite en face, Casterman, 1996
L'Ogre du sommeil, Castor Poche, Flammarion, 1998
Le Naufragé du cinquième monde, Castor Poche, Flammarion, 2000
Un cadeau d'enfer, Bayard, 2000
Comment ma mère est devenue célèbre, Hachette, 2001
Nulle ! Casterman, 2002
Le Tatoueur du ciel, Duculot, Casterman, 2003
Chien-le-chien, Thierry Magnier, 2003
Halloween, pire qu'Halloween ! Castor Poche, Flammarion, 2003
Profession : nain de jardin, Thierry Magnier, 2005
N'allez jamais à la bibliothèque pour plaire à la fille dont vous êtes amoureux,
Pocket, 2005
Foot d'amour, Thierry Magnier, 2006
Hubert Ben Kemoun est aussi l'auteur de la série « Pas si bête »,
sur la langue française, chez Casterman.

Frédi astèr

Vous avez aimé
SOIR DE RAGE.
*Découvrez d'autres romans
dans la même collection…*

Ne me parlez plus de Noël !
MAÏA BRAMI
Ill. d'Estelle Meyrand
C'est la vie ! (8-10 ans)

C'est Noël ! Seulement, cette année, Chloé le passera sans son père : ses parents ont divorcé. Impossible d'être heureuse en le sachant si loin, en plein reportage en Afrique ! Mais au marché de Noël, un concours est organisé et le premier prix est… un voyage en Afrique ! C'est presque trop beau pour être vrai…

Le cachalot nage dans le potage
EMMANUEL TREDEZ
Ill. de Pronto
Humour (8-10 ans)

Oscar le Cachalot est un des inspecteurs les plus lamentables de la police – de ceux qui font arrêter les innocents et laissent courir les coupables. Ouf, plus que trois mois à tenir et c'est la retraite ! Malheureusement, avec Ignace l'Épaulard et Titou le Mérou, les pires malfrats du monde sous-marin, ses derniers jours de travail ne seront pas de tout repos…

J'aurai ta peau
Emmanuel Bourdier
Ill. d'Emre Orhun
Fantastique (8-10 ans)
Richard déteste Malal. Peut-être parce que Malal est noir.
Ce matin-là, sur le terrain de foot, Richard a frappé Malal.
À aucun moment il ne s'est imaginé quel effet cela pouvait bien faire d'être à sa place, dans sa vie, dans sa peau.
Il aurait dû y penser avant.
Désormais, il n'a plus le choix.

Lili et le loup
Michèle Cornec-Utudji
Ill. de Peggy Nille
C'est la vie ! (8-10 ans)
Qu'il est tranquille, le monde doré de Lili ! Mais qu'y a-t-il derrière le mur de son jardin ? Ce n'est pas dans ses livres que Lili trouvera la réponse. Elle part seule dans la forêt… et y rencontre le loup. Contre une boîte de pâté, il accepte de jouer avec elle, et même d'apprendre à lire. Mais ce loup si bon élève résistera-t-il à l'envie de manger Lili ?

... *et la série*

Mickette

GUDULE
Ill. de Christophe Durual
Fantastique (8-10 ans)

La boutique maléfique
Le kidnappeur a encore frappé ! Cette fois, c'est Justine-la-rouquine, la meilleure copine de Mickette, qui a disparu. Mickette se ronge d'inquiétude. Pour lui remonter le moral, son père l'emmène acheter un cadeau porte-chance à son amie. Attention, Mickette ! La patronne de la boutique a un regard qui vous glace vraiment les sangs… Et les jouets ont l'air de grimacer dans l'ombre…

Aie peur et tais-toi !
Mickette est une fan des récits d'horreur d'Ernestine Griffu ! Mais où la romancière trouve-t-elle donc son inspiration ? La pauvre Mickette va le découvrir malgré elle : elle a été kidnappée pour devenir l'héroïne d'un prochain roman… plein de monstres et de morts vivants !

Les tags attaquent !
Le mur du collège de Mickette est vraiment sale ! Eliot, secrètement amoureux de Mickette, a une petite idée pour l'égayer, et en même temps déclarer sa flamme. Quelques bombes de peinture l'aident dans sa mission… jusqu'à ce qu'il soit surpris par une armée de tagueurs bien effrayante ! Qui sont-ils ? Mickette enquête…

Danger, camping maudit !

À peine arrivé dans la maison louée pour leurs vacances, le père de Mickette tombe sous le charme de la belle propriétaire. Mickette est exaspérée par cette Graziella Pompon qui fait des roucoulades à son père. De plus, elle veut leur faire manger un mystérieux légume qui a une curieuse influence sur les gens… Mickette décide d'en savoir plus sur cette inquiétante Pompon.

… et également disponibles en collection Pleine lune

L'école qui n'existait pas
Dans les griffes du Papagarou